AF249847

ÉPITRE

A

J.-J. ROUSSEAU.

ÉPITRE

A

J.-J. ROUSSEAU,

Par C. B...

Ah! miseri, quos hic graviter Deus urget! at ille
Felix, cui placidus leniter afflat amor.

ÉLÉGIES DE TIBULLE.

A PARIS,

DE L'IMPRIMERIE DE **MORONVAL**, RUE ET PLACE SAINT-
ANDRÉ-DES-ARCS, N°. 30.

M. DCCC. VI

ÉPITRE

A J.-J. ROUSSEAU.

RESPECTABLE écrivain, ô toi dont l'énergie
Rend les feux de l'amour par les feux du génie,
Rousseau ! je veux aussi te dédier des vers.
D'autres, déjà fameux par des écrits divers,
Oseront ajouter un laurier à ta gloire;
Moi, timide en mes chants, respectant ta mémoire,
Je t'apporte en tremblant le tribut de mes vœux.
Je ne suis point auteur, mais je suis amoureux.
J'écris, le sentiment est mon seul interprète,
Et c'est l'amour enfin qui m'a rendu poëte.

Où prends-tu donc, ROUSSEAU, ce talent enchanteur,
De récréer l'esprit et de parler au cœur,
Et ce style brûlant qui plaît, séduit, entraîne?...
Tel un ruisseau léger serpentant dans la plaine,

D'une source féconde empruntant le secours,

Roule son eau limpide et prolonge son cours :

Et de ses ornemens dépouillant le rivage,

Sème de tous côtés des fleurs sur son passage.

Tel ton style charmant, aimable, séducteur,

Plein de grace, d'esprit, de force et de chaleur,

Dans ses moindres détails élégant et facile,

Brille, et d'un sol ingrat fait un terrein fertile.

PHILOSOPHE profond, dans tes savantes mains

La vérité donna des leçons aux humains.

Tu prescrivis aux lois des bornes légitimes ;

La nature dicta tes préceptes sublimes.

Cependant ton mérite irrita tes rivaux.

On te trouva bizarre, ingrat, injuste, faux :

Des envieux, trompant un vulgaire crédule,

Tournèrent contre toi l'arme du ridicule.

Tu fus simple, modeste : on te crut orgueilleux.

Tu parus criminel pour être vertueux ;

Même, pour dénigrer tes mœurs, ton caractère,

La critique souilla la bouche de Voltaire.

Le Contrat Social ne put le désarmer.

Joignant mille talens au talent de rimer,

L'auteur d'Alzire osa, t'abreuvant d'amertume,

Du fiel de la satire envenimer sa plume.

Chacun te condamnoit, et pourtant tes écrits,

Admirés en tous lieux, enchantoient tout Paris.

Tandis que captivant un public idolâtre,

Boileau brille à la cour et Molière au théâtre ;

Racine de l'amour fait aimer les fureurs,

Jean-Jacques s'établit un trône dans les cœurs,

Et Panard profitant d'une verve facile,

D'esprit et de bons mots nourrit un vaudeville.

Eh ! comment t'accuser d'insensibilité,

Lorsque dans tes écrits, pleins de naïveté,

Où le sentiment règne, où la vertu respire,

Tu peins en traits de feu ces transports, ce délire

Qui charme un jeune cœur, novice et sans détour,

Pour la première fois agité par l'amour ?

Quand j'y vois l'amitié consolant ce qu'elle aime,

Des heureux qu'elle fait être heureuse elle-même.

Conseiller deux amans et s'oublier pour eux?

Puis-je te supposer des travers odieux,

Quand mes sens sont émus, quand mon ame se brise,

Quand j'inonde de pleurs ta nouvelle Héloïse?

Amans intéressans! vous fûtes malheureux

Dès qu'un même penchant vous réunit tous deux.

Vous n'osez étouffer une innocente flamme,

Et déjà le poison se glisse dans votre ame.

Il séduit; il enivre, il égare vos sens :

Fuyez, l'abîme s'ouvre... hélas! il n'est plus tems.

O Saint-Preux! as-tu pu déshonorer Julie?...

Un feu secret s'allume et menace sa vie;

Ton amante en mourant veut réparer ses torts;

Et ton sein dévoré d'ennuis et de remords,

En longs gémissemens fait éclater ta rage.

Vois ces traits dépouillés des graces du bel âge,

Si flétris maintenant, si charmans autrefois,

Et ces yeux presqu'éteints, ranimés à ta voix,

Qui de pleurs amoureux arrosèrent sa couche,

T'annoncer un pardon expirant dans sa bouche.

Malheureux ! ce pardon, l'as-tu donc mérité ?
Quand tu trahis les droits de l'hospitalité ?
Quand tu répands le deuil dans toute une famille ?
Criminel artisan des malheurs de sa fille,
Une mère t'accuse, et tu frémis d'effroi :
Ta conscience alors dépose contre toi.
Une mère outragée est un juge inflexible...
Son désespoir éclate, et d'une voix terrible,
Elle te redemande un bien qu'elle a perdu :
C'est la vertu qui parle au crime confondu ;
Ses regards foudroyans font pâlir un coupable.

. . . .

Tremblante pour toi seul, quand la douleur t'accable,
Ta Julie ose encor te défendre à son tour.
Bientôt l'amitié vole au secours de l'amour.
CLAIRE paroît soudain et détourne l'orage ;
L'intérêt le plus vif brille sur son visage ;
Elle les persuade et sait les réunir :
On voit dans le présent un plus doux avenir,
L'espoir renaît ; le ciel écoute leur prière,
Et leur vrai repentir attendrit une mère.

Pourquoi faut-il, amour ! que des chagrins affreux,

Quand nous suivons tes lois, empoisonnent nos vœux,

Et troublent les plaisirs de ton heureux délire ?

Sapho ! tes doigts en vain font résonner ta lyre.

Déjà l'ingrat Phaon fuit tes embrassemens.

Ose-t-il bien trahir les plus tendres sermens !

Tu l'appelles, il est sourd à ta voix plaintive ;

Il jouit, tu gémis, et l'écho de la rive,

Hélas ! en tristes chants redira tes amours.

On ne peut sans aimer jouir de ses beaux jours.

Qu'il est doux de chanter la beauté qu'on adore !

Ecoutez, admirez l'amant d'Eléonore,

Dans ses vers gracieux retraçant ses désirs.

Les zéphirs empressés recueillent ses soupirs,

Et son luth amoureux, exprimant sa souffrance,

En sons mélodieux fait gémir la romance.

Ses faciles discours suspendent la douleur.

Près de lui, loin de lui, je rêve le bonheur ;

Je le retrouve encor auprès de mon amie.

Dans mon cœur consolé, la plaintive élégie

Laisse un mal qui m'afflige et me charme à la fois.
Tel un daim poursuivi, bondissant dans les bois,
Part, et laisse en fuyant une légère trace.

Que le fer à la main, signalant son audace,
Achille, d'Ilion attaquant les remparts,
Renverse sous ses coups des bataillons épars.
Que son bras furieux, avide de carnage,
Frappe des ennemis immolés à sa rage ;
Et que le Simoïs vomisse sur ses bords,
Des Troyens massacrés, des mourans et des morts.
Peut-on vaincre et ne point rougir de sa victoire,
Quand par des cruautés on parvient à la gloire ?
Ces horribles récits ne me séduiront pas.
Ah ! qu'un autre ose suivre, au milieu des combats,
Ce héros tout couvert de sang et de poussière ;
Moi, qui n'entonne point la trompette guerrière,
Je le vois à Scyros, ivre de son bonheur,
De son jeune courage étouffer la chaleur,
Et d'un sexe timide empruntant tous les charmes,
Oublier en aimant qu'il est né pour les armes.

Avant d'être guerrier Achille fut amant.

Elégamment paré d'un léger vêtement,

Il soupira d'abord pour sa Déidamie,

Et la Beauté jadis fut sa première amie.

HÉLOÏSE! ABEILARD! amans infortunés,

Par de lâches amis, trahis, abandonnés,

Vous choisîtes tous deux une retraite obscure.

Et là, de vos chagrins accusant la nature,

Disant au monde entier un éternel adieu,

L'amour fut votre idole au culte du vrai Dieu.

Et quand d'affreux pensers reveilloient vos alarmes,

Le cœur gros de soupirs, les yeux baignés de larmes,

Regrettant vos plaisirs, même au pied de l'autel,

Vous rêviez l'un à l'autre en chantant l'Eternel.

HEUREUX! qui comme Emile, au printems de la vie,

Trouve un bonheur constant auprès de sa Sophie.

Sophie est toujours belle et croit ne l'être pas;

Et des vains ornemens fuyant les faux appas,

Ne devant rien à l'art, mais tout à la nature,

De ses propres attraits compose sa parure.

J'aime son air naïf, séduisant, enchanteur,
Et d'un front qui rougit la touchante pudeur.
Emile, épris d'amour, pour plaire à l'innocence,
Du langage du cœur emprunte l'éloquence :
Il aime, il est aimé. Je crois les voir tous deux,
Se tenant par la main, former les mêmes vœux ;
Et vantant les douceurs d'un heureux mariage,
Oublier en causant le chemin du village.
Bientôt la nuit arrive et vient les désunir.
Un regret tendre alors naît d'un doux souvenir.
Emile, en grommelant, quitte la métairie ;
Sophie, en rougissant, cache sa rêverie.
Ils fuient d'un air triste et les larmes aux yeux ;
Et leurs cœurs attendris répètent leurs adieux.
Combien de leurs soupirs j'admirois l'innocence!
Ils souffroient, et j'osois partager leur souffrance.
Avoient-ils du chagrin, je le sentois comme eux ;
Comme eux, je jouissois quand ils étoient heureux.
Je goûtois leurs plaisirs, j'éprouvois leurs alarmes,
Et de leurs yeux, des miens, couloient de douces larmes.
Eh ! quel mortel n'a point connu le sentiment!
La compagne d'Emile, auprès de son amant,

Modeste par vertu, belle sans artifice,

Offrant au dieu d'Amour une ame encor novice,

Me rappeloit souvent une jeune beauté.

Hélas! plus d'une fois mon esprit enchanté

Crut, dans ses traits charmans, retrouver mon amie,

Et je brûlois pour elle en brûlant pour Sophie.

A t'accuser, Rousseau, je ne puis consentir.

Qui sait peindre l'amour doit savoir le sentir.

C'est l'amour qui guida le pinceau de Catulle,

Qui fit chanter Ovide et soupirer Tibulle,

Qui dans ton Héloïse imprima tous ses feux.

Tu le connus; on peut en croire tes aveux.

Saint-Preux en héritant de ta plume éloquente,

Dans ses billets brûlans traçoit ton ame ardente,

Et l'un l'autre asservis sous une même loi,

Toi, tu sentois pour lui, lui, l'exprimoit pour toi.

Ah! que si je pouvois, aux doux sons de la lyre,

Chanter en vers heureux les charmes d'Elomire,

Brûlant alors pour toi d'un feu toujours nouveau,

Amour! mes doigts hardis saisiroient ton pinceau;

Et guidant avec art ta palette riante,

J'aurois orné de fleurs les traits de mon amante.

En troubadour modeste, errant et malheureux,

Portant en tous pays son espoir et ses vœux,

J'aurois fait, sur mon luth, résonner la romance.

Dans mes chants ranimés eût brillé l'élégance.

Jamais Gentil Bernard, galant, voluptueux,

N'eût mis dans l'Art d'Aimer de vers plus amoureux.

Pour fixer des plaisirs la cohorte infidèle,

Le tendre Anacréon m'eût servi de modèle.

Et pour atteindre enfin au langage des Dieux,

Jean-Jacques dirigeant mon vol audacieux,

M'eût conduit par son art, son feu, son harmonie,

A l'immortalité sur l'aile du génie.

www.ingramcontent.com/pod-product-compliance
Lightning Source LLC
LaVergne TN
LVHW050431060726
842526LV00007B/2525